Filosofian perusteista kriittisesti

Kirjoittajan aiempia teoksia:

"Ajan virrassa", ajatelmia, BoD 2023

"Opin lähteellä", ajatelmia, BoD 2023

"Oulussa tärppää -kalassa Oulujoen suistossa",
dokumentti, tietoteos, eräkirja, BoD 2022

"Rajan takana", runoja, BoD 2022

Kirjoittajan kirjailijasivut: www.kirja-lakka.com

Filosofian perusteista kriittisesti

Ajatelmia

Paavo Räisänen

"Pitäkää varanne, ettei kukaan houkuttele teitä harhaan tyhjillä ja pettävillä viisauden opeilla, jotka nojautuvat ihmisten perimmäisiin käsityksiin ja maailman alkuvoimiin eivätkä Kristukseen"

Paavali, Kol. 2:8

Kustantaja: BoD – Books on Demand, Helsinki, Suomi

Valmistaja: BoD – Books on Demand, Norderstedt, Saksa

ISBN: 978-952-31-8963-8

Sisällysluettelo

Perusteista kaikki lähtee

Ajattelussa se perusta, mille rakentaa, on tärkeä. Jos rakentaessa unohtaa Jumalan Sanan ja Raamatun, on hyvin huteralla pohjalla.

Itsensä tutkistelun tärkeys on kyseenalaista. Toisaalta oma syntinen minä ei ole kaivelun arvoinen. Toisaalta omantunnon hoitaminen voi vaatia hiljentymistä.

Uskovaisen ei tarvitse olla epävarma opistaan.

Tieteessä kyseenalaistaminen on oppimisen ja kehityksen ehto, mutta kyseenalaistaminen ei kuulu uskon asioihin.

Elävä usko on oppi, jossa epäilykset saarnataan anteeksi.

Tiedettä kohtaan on oltava kriittinen. Raamattua ei kuulu kritisoida tai kyseenalaistaa,

Ihminen voi olla hyvin itsenäinen, vaikka kunnioittaa auktoriteetteja.

Moni filosofi ajattelee vain tunnetun eläneen opettajan aivoilla.

Ei ole yksinäistä uskovaista. Uskoon kuuluu yhteisöllisyys ja yhteisymmärrys.

Suvaitsevaisuus voi johtaa sotiin, kun kansan moraali ja arvoperusta pettävät.

Uskovaisella ei ole epävarmuutta oppinsa perusteiden kestävyydestä.

Filosofinen jaarittelu (kuten Paavali sanoisi) vie ajattelusta selkeyttä.

Filosofian suurimpia vaikutteita nykyajassa on Raamatun ihmiskäsityksen kyseenalaistaminen ja näin totuuden hylkääminen.

Järkiperäisyys, jossa sivuutetaan totuus, vie tyhjänpäiväiseen jaaritteluun.

Filosofia saa aikaan sekavan ajattelupilven, joka vie johdonmukaisuutta ja selkeää järkeä.

Filosofia muokkaa ihmisen maailmankatsomusta ateismiin, eli siis valheeseen päin.

Mistä ajanlasku alkoi, ja miksi se on pimitettävä?

Uskominen kaikenlaisiin jaaritteluihin ja älynvilauksiin vie ajattelun kohti kaaosta.

Oikea vai väärä oppi?

Päämääränä hyvä ihminen? Ihminen on pohjimmiltaan paha, eikä muutu siitä jalostamalla kuin entistä pahemmaksi, kohti sisäisesti kuollutta haamua, joka on hylännyt totuuden.

Outoa on oppi, jossa totuus täytyy kyseenalaistaa, ollakseen kypsää ajattelua. Siis opin perimmäinen olemus vie jo harhaan.

Antiikin filosofian loistokas synty: työpinnarit velttoilivat ja jaarittelivat, samalla kun työt teetettiin orjilla.

Platonin "luolan vanki" voikin elää todellisuudessa ja saada olla onnellinen osastaan. Kun "vapautetaan" todellisuudesta harha jaarituksiin, menee myös todellinen vapaus ja joudutaan "aatteelliseen vankilaan", harhamaailmaan.

Platonin ajatus elää aisteista vapaassa "kuvitemaailmassa" on usein harhaa, muttei aina. Platon ei vain puhu asiasta oikein termein. Todellakin, on olemassa aistein havaitsematon yliluonnollinen henkimaailma, josta tiedämme vain vähän, mutta Raamattu kertoo siitä jotain. Yleensä on parempi, jos ihminen ei pyri sitä liikaa ymmärtämään. Eläkäämme todellisuudessa!

"Aatteellinen vankila". Ei mitään todellisuutta, vain ristiriitaisia teorioita.

Sokrateen olisi pitänyt päästä uskovaisten puheille, niin hänen keskustelunsa ei olisi päätynyt "aporiaan", neuvottomuuteen. Uskovaisella on tarjota toimiva uskon näköala.

Universaaliongelmassa on pohjimmiltaan kyse niistä alkuvoimiin perustuvista jaarituksista, joista Paavali varoitti.

Ajatella. Elävä usko ei ole oppina keskeneräinen. Se on valmis vastaanotettavaksi. "Ihme meidän silmiemme edessä."

Usko on ajaton. Maailman alussa jo ollut, Kristuksessa täytetty, ikuisesti olemassa oleva, muuttumaton.

Platon antaa luolavertauksessaan filosofille harhaanjohtajan osan. Koko luolavertaus on tökerö. "Luolasta" filosofian avulla vapautunut ei näe oikeasti totuutta, vaan ihmisen muodostaman harhamaailman. On helppo ajatella tällaisen vertauksen koskevan "maalaisjärkeen" tai uskoon luottavia. Nämä kuitenkin edustavat korkeampaa totuutta kuin filosofia ja kun elävät vahvasti arvojensa ohjaamina, edustavat korkeinta järjen valoa.

Elämä on suuri Jumalan salaisuus, jota ihminen ei kykene ymmärtämään. Sitä voi tutkia ja ihminen voi tehdä laboratoriossa täydellisen solun, saamatta siihen elämää. Vain Jumala kykenee lopulta elämää luomaan.

Jos ihminen uppoutuu täysin tieteen viemäksi teorioiden maailmaan, hän erkanee todellisuudesta ja joutuu harhojen maailmaan.

Luolavertaus. Kielletty hedelmä. Kielletty salattu tieto. Kiehtova. On olemassa yliluonnollinen maailma, mitä ei kannata tutkia. Ne asiat, mitä sieltä saadaan tietoon, ovat yleensä valhetta. Eivät ne lisää tietoa, vaan ovat noituutta ja saavat pään sekaisin.

Ei ole olemassa kuin kaksi elämää ohjaavaa voimaa. On Jumalan ja sielunvihollisen voimat. Jos joku oppi ei ole Jumalasta, se on sielunvihollisesta ja yksi uuden ajan noituuden muoto. Suurin osa ns. "maallisista asioista", jotka koskevat esim. yhteiskuntaa, ovat Jumalasta, koska Jumala on esivaltojen takana.

Ateismi on yksi nykyajan noituuden muoto. Ateismikin on aate, jonka takana on sielunvihollinen.

Syvällistä?

Filosofian universaalina tuntema ajattelutapa on hyvin tuttu kaikissa kulttuureissa koko ihmiskunnan historian ajan. Luonnonkansojen noitauskonnot tuntevat tämän erilaisten meedioiden ja henkientutkijoiden tapana ottaa yhteyttä henkimaailmaan, joka kyllä on olemassa. Kristinusko torjuu tällaisen yhteydenpidon. Ihminen ei saa sinne yhteyttä Jumalan avulla. Se yhteys, mikä sinne noitien avulla saadaan, on lähinnä sielunvihollisen valetta. Kristilliseen henkimaailmaan kuuluvat mm. enkelit, mutta emme voi olla heihin yhteydessä, emmekä aisteillamme yleensä koskaan heitä havaitse.

Siis kannanottoni. Onko universaalimaailma olemassa? Sitä ei ole olemassa sellaisena, kuin filosofia sen esittää. Se on sensijaan olemassa Raamatun tuntemana henkimaailmana, joka ihmisen on parasta jättää rauhaan.

Monia filosofiota lähelle tulee ajatus ihmisessä asuvasta jumaluudesta. Mitä Raamattu sanoo tähän? Kyllä se harhaoppi on. Ihminen on kuitenkin ainut luomakunnan olento, joka aistii Jumalan olemassaolon. Ihminen, joka kiistää Jumalan maailman olemassaolon, voi kääntää tämän yliluonnollisen aistimuksen omaksi itsessään asuvaksi jumaluudeksi.

Kristinusko ei ole elävässä Jumalan seurakunnassa koskaan ollut filosofia. Uskoa tutkii teologia, mutta usko itsessään ei ole mikään tiede. Se on Jumalalta annettu lahja. Raamattu sanoo: "Usko on vahva uskallus niihin, joita toivotaan ja ei näkymättömistä epäile."

Filosofian vaikutus uskonnossa näkyy sen luomissa harha opeissa ja yhteiskunnan maallistumisena, eli suuntautumisena pois kokonaan uskosta kohti rationaalista järjen käyttöä. Järjellä ihminen voi ratkaista vaikka matemaattisen ongelman, mutta ei pysty käsittämän ihmisen olemuksen syvimpiä asioita ja ihmisen hengellistä puolta, joka lopulta hallitsee koko ihmistä. Hengellinen puoli nimittäin ohjaa henkistä puolta ja henkinen puoli puolestaan ohjaa pitkälti myös somaattista puolta.

Erilaiset filosofiset uskonnolliset liikkeet, jotka kyseenalaistavat Raamatun oppia ja hakevat uutta tulkintaa, ovat Raamatullisesti harhaoppeja. Nämä syntyvät aina synnin seurauksena. Tyypillisesti on haluttu jotain, jota ei uskolla saatu, tai ei haluttu luopua jostain, mistä olisi pitänyt luopua. Oman elämäntavan puolustamiseksi on sitten muodostettu filosofia tai vastaava oppi. Oikea elävä usko on lopulta hyvin yksinkertainen oppi, jolta tieltä Raamatun mukaan "tyhmäkään ei eksy".

Kunnianhimo on ilmiö, joka vaanii sitä, joka uskoo ihmiskeskeiseen filosofiaan. Se on monen pahan esiaste ja myös sen ilmiö.

Raamattu vastaa ontologian perimmäisiin kysymyksiin olemassaolosta. Jumala on kaiken luonut ja pitää sitä yllä Sanallaan. Hän myös johtaa kansoja, kansojen- ja ihmisten kohtaloita. Ihminen ei ole silti ennalta ohjelmoitu kone, joka ei olisi vastuussa teoistaan. Ihminen käy taistelua hyvän ja pahan, Jumalan mielen ja oman lihan halujen välillä. Syntiinlankeemuksessa ihmismieli turmeltui, on kykenemätön hyvään ja pysyy elävässä uskossa vain Kristuksen ansiotyöhön uskoen.

Ontologia kysyy, mikä on olemassa ja todellisuutta. Todellisuutta on Jumalan luoma maailma. Ihminen on syntinen ja tarvitsee Kristuksen ansiotyötä pelastuakseen. Ihminen ei voi teoillaan muuttua hyväksi. Jumalan hengen vaikutusta on myös se, että uskovaisella kuitenkin on myös halu tehdä hyvää, vaikka hän ei vapaudukaan siinä syntisestä luonnostaan.

Jumalan todellisuudessa on myös aistiemme ulkopuolella oleva näkymätön, yliluonnollinen maailma. Siihen kuuluvat mm. enkelit. Kristitty ei pyri ottamaan tähän maailmaan yhteyttä, eikä ihminen yleensä elämänsä aikana saa mitään kokemuksia tästä henkimaailmasta.

Jumalalle ei ole olemassa materiaa niin, että se kahlehtisi Häntä, ei myöskään aikaa. Jumala on asettanut luonnonlait meitä varten. Ne ovat myös täysin Hänen hallinnassaan.

Tosi oppi?

Filosofia kyllä puhuu "huuhaa-opeista", eikä itse tajua olevansa sitä jo olemukseltaan.

Uskoa ei voi tieteellisesti todistaa oikeaksi tieteen menetelmin. Uskossa ei jäisi mitään uskon varaan, jos se olisi järjellä todeksi todistettava. Usko on kuitenkin korkein totuus. Se on totta, kun taasen todeksi todistettukin tieteellinen asia on totta vain oman aikansa, kunnes se todistetaan vääräksi. Esimerkiksi suhteellisuusteorian on osoitettu olevan toimimaton joissain olosuhteissa.

Uskoa ei voi määritellä epistemologisesti eli tieto-opillisesti. Sekä empiristinen että rationaalinen tarkastelu ovat uskon opillisesti pätemättömiä tarkastelutapoja. Vaikka usko on totta, se on uskon asia, jota ei voi todistaa. Kuitenkin esimerkiksi käytäntö todistaa Raamatun oppien olevan totta. Jumala sanoo ilmoittavansa itsensä ihmiskohtaloissa, kansojen vaiheissa, luonnossa ja Pyhässä Sanassaan. Nämä ilmiöt historian lehtiä ja tapahtumia käsitellen antavat tieteen ulkopuolella olevaa todellista tietoa siitä, että se Sana, mihin ihmiset enemmistönä eivät yleensä uskoneet, oli kuitenkin totta ja kansojen kohtalot kertovat niskoittelun tulokset. Samoin esimerkiksi yksittäisten Kristittyjen elämänvaiheet antavat todistusta Raamatun mukaisesta Jumalan johdatuksesta. Uskon korkein siunaus on käsityskykymme yläpuolella, koska voittopalkinto odottaa vasta kuoleman jälkeen.

Ajatus moraaliarvojen olevan vain henkilökohtainen kysymys herättää ajatuksen, mihin rajat laitetaan. Löytyy paikkoja ja henkilöitä, jotka hyväksyvät vaikka henkirikoksen. Ollaan jopa samassa tilanteessa, jos ajatellaan moraaliarvojen olevan tietyn yhteiskunnan sisäisiä. Miksi sitten emme hyväksy kaikkien maiden menettelyä, esimerkiksi sotilasdiktatuurimaissa? Tarvitaan pysyvä, yleinen ja kaikkialla toimiva pohja moraaliselle keskustelulle. Tässä Raamattu on osoittanut olevansa toimiva jo vuosituhansia. Se, että silti Kristityissä maissa on tapahtunut vääryyksiä, on johtunut juuri Jumalan tahdon noudattamattomuudesta ja Raamatun omanedun mukaisesta tulkinnasta.

Tieteen suuri ongelma on, että se ei osaa käsitellä yliluonnollista maailmaa, vaikka sekin on totta ja olemassa. Jumala on puhunut myös ihmisen suun kautta, mutta myös sielunvihollinen on käyttänyt ihmisiä, myös tiedemiehiä, aseenaan. Tällaisten "väärien profeettojen" oppeja ei kuulu levittää ja pitää esillä. Tiede, eritoten filosofia, näitä harhaanjohtajia kuitenkin yhä uudelleen kaivaa esiin, esimerkiksi Jumalan miehen Paavalin varoituksista huolimatta.

Ateistiset filosofiat ovat syntyneet ihmisen kunnianhimosta, nautinnonhalusta ja muusta oman edun tavoittelusta, sekä kapinasta Jumalaa vastaan.

Kristinusko on kollektivistinen, yhteisöllinen, jossa yhteisön etu menee yksilön oikeuksien ohi. Korostunut individualismi, yksilöllisyys, on itsekkyyttä. Äärimuodossaan se sallii toisen esimerkiksi taloudellisen tai henkisen hyväksikäytön ja sortamisen.

Jeesus oli myös yhteiskunnallisesti oikeudenmukainen, kehottaessaan maksamaan veron. Tärkein puoli Jeesuksen oikeudenmukaisuudesta koski kuitenkin lähimmäisen rakkautta ja sen mukaista ihmissuhde oppia.

Järjestelmässämme on jotain vikaa, jos esimerkiksi kaupallisen alan oppikirjat sallivat ihmisen heikkouksien ja psyykeen ominaisuuksien hyväksikäytön kaupallisesti ja opettavat sitä. Tällainen ei palvele asiakasta tai yhteiskuntaa, vaan yksinkertaisesti opettaa hyväksikäyttöä.

Kun filosofia ei pysty erottelemaan seastaan jyviä akanoista, eli korottaa merkityksellisiksi henkilöiksi kaikki ne, jotka ovat saaneet paljon mainetta, tavalla tai toisella, mihin vedetään raja harhaopin välille? Eikö Adolf Hitler ole maailman tunnetuin "yhteiskunta filosofi", jos katsotaan vain aikaansaannosta, eikä kiinnitetä huomiota siihen, olivatko aikaansaannokset hyviä vai pahoja.

Filosofia unohtaa tietolähteenä Raamatun. Yhteisomistusta ei keksinyt Marx, kuten väitetään, vaan ajatus on peräisin Apostoliselta ajalta alkuseurakunnasta. Silloin Kristityt antoivat kaiken omaisuutensa yhteiseen käyttöön ja itse kullekin jaettiin tästä sen mukaan, mitä itse kukin tarvitsi. Raamattu ei kuitenkaan vaadi yhteisomistusta. Kyseessä oli lähinnä käytäntö, ei oppi. Menettely ei lienet sopisi nyky-yhteiskuntaan. Siinä on kuitenkin ajattelun ja esimerkin ottamisen arvoista, kun mietitään vähäosaisten lähimmäisten asiaa. Joka on saanut paljon, se myös paljon antakoon. Vapaaehtoinen yhteisomistus on kuitenkin esimerkin ottamisen arvoinen. Sitä on alettu Suomessakin toteuttaa sosiaalisessa yhteisomistus asumisessa ja tulokset käsittääkseni ovat positiivisia.

Onko maailmassa mitään pysyvää? On yksi: Jumalan Sana, joka on muuttumaton. Sen varassa kaikki on luotu ja pysyy pystyssä. Kun Sana otetaan pois, kaikki kerran häviä. Kun kaikki muu häviää, olemassa olevasta vain rakkaus kantaa ajan rajan toiselle puolelle ikuisuuteen. Jumalan rakkaus.

Ihmisen järki on syntiinlankeemuksessa turmeltunut ja perimme sen turmeluksen jo syntyessämme. Ihmisen järki ei käsitä niitä, mitkä Jumalan ovat. Ihmisen turmeltunut järki pyrkii hakemaan vain omaa etuaan, vaikka toisten kustannuksella. Tähän jopa opetetaan eri ammattialojen opetuksessa Suomessakin, kun pyritän maksimoimaan myynti. Johtamispuolella ja esimiestehtävissä tämä näkyy kunnianhimon tavoitteluna tarvittaessa toisten kustannuksella.

Ottamatta tarkemmin kantaa rationaaliseen ajatteluun, voi todeta, että ihminen ei voi järjen avulla ymmärtää ihmisen syvintä olemusta. Siihen tarvitaan elävä Raamatun tulkinta ja siitä vuotava viisaus.

Maanpäällä vaikuttaa vain kaksi voimaa: Jumalan ja sielunvihollisen voima. Ei ole olemassa sellaista voimaa kuin esimerkiksi tiede. Tiedekin jakaantuu ja palvelee jompaakumpaa vallitsevaa voimaa.

Filosofisten harhaliikkeiden syntyä 1600–luvun jälkeen ei voi erottaa Lutherin suorittamasta uskonpuhdistuksesta. Kuten sanotaan: "minne Jumala pystyttää temppelinsä, sinne heti viereen sielunvihollinen tekee oman kappelinsa." Luther taisteli Roomalaiskatolisen kirkon maallistumista vastaan. Tämä maallistunut henki oli myös kovaa lakioppia. Aito Lutherin opettama Kristillinen henki on armoa, vapautta, totuutta ja rakkautta. Tätä vapautta alkoivat myös harhaopettajat hyvin nopeasti käyttämään hyväksi. Luther ei silti Jumalan lain terää unohtanut, mutta filosofit ovat sitä yleisesti karttaneet.

Totuuteen

Tieteellä on ongelma. Sen määrittelyyn on mainittava tosiasia, että Jumala on huononkin esivallan takana. Jumala on myös järjestyksen Jumala. Tosin historia tuntee esimerkiksi Hitlerin, jonka terrorismista ei voi sanoa mitään hyvää. Tällaiset yksittäiset ilmiöt eivät kumoa sitä, että Jumala on antanut monille pahoillekin harhaanjohtajille myös oikeita oppeja, jotta kokonaiset yhteiskunnat eivät sortuisi kaaokseen. Tällaisena oppina voisi pitää kommunismia. Myös se suojeli kansalaisiaan esimerkiksi varjelemalla henkilökohtaista koskemattomuutta ja omaisuutta varkailta, vaikka samaan aikaan esivalta itse saattoi vaikkapa Neuvostoliitossa käyttää mielivaltaa. Mutta se ongelma. Kun sitten tieteilijät rakentavat hyviä oppeja, kiusana on harhaopettajat, joilla on esiintynyt myös jokin "neronleimaus". Ei pystytä erottamaan sitä tosiasiaa, että myös täysin harhaoppisella on voinut olla yksittäisiä hyviä ajatuksia ja että se ei tee henkilöistä arvostuksen arvoisia, eikä saa aikaan sitä, että myös heidän harhaoppinsa kuuluu ottaa ajattelussa huomioon.

Viimekädessä on olemassa vain yksi virheetön teos ja se on Raamattu. Se on Jumalan ilmoitus. Kuitenkin myös Raamatun Pyhät olivat "aikansa lapsia" maallisissa asioissa. Raamattu ei ole historian, maantiedon tai biologian oppikirja. Se on uskon ja opin oppikirja ja siinä sekä ajaton että virheetön, mutta vaikeasti tulkittava. Raamattua tulkitaan Pyhältä Hengeltä vaikutettuna, kuten se on kirjoitettukin. Ei tule uutta Raamatun kirjaa ja täysin virheetöntä opettajaa. Esimerkiksi Lutherilla oli ongelma sakramenttiopin kanssa, josta eri kirjoituksissa kirjoittaa ristiriitaisesti. Luther kuitenkin Raamatullisesti ja oikein kirjoittaa, että usko pelastaa ilman sakramenttiakin ja pelkkä sakramentti ilman uskoa ei pelasta, mutta jättää joihinkin teksteihin väärän käsityksen mahdollisuuden, jota tulkittaessa tosin sen ajan kirkollisella tilanteella on varmasti ollut oma merkityksensä. Luther kuitenkin itse korotti Raamattu periaatteen kaikkein tärkeimmäksi ja oman oppinsa yläpuolelle ja tuomariksi. Raamattuopin mukaan "Raamattu on uskon ja opin ylin ohje, jonka mukaan kaikki oppi on tutkittava ja tuomittava." Lutherin valtavaa ymmärrystä kaiken kaikkiaan ja merkittävää elämäntyötä uskonpuhdistajana ei pidä vähätellä, jos Lutherkin oli kuitenkin tavallinen ihminen, joka voi myös erehtyä. Myös kaikki Raamatun henkilöt Jeesusta lukuun ottamatta olivat tavallisia erehtyväisiä henkilöitä ja lankeilivat syntiin, myös profeetat ja apostolit. Mutta Raamattua he eivät omilla lahjoillaan kirjoittaneet, vaan vaikutettuna Pyhältä Hengeltä. Tässä ei voi olla tuomatta esille sitä eroa, että lankeilee syntiin ja haluaa uskoa syntinsä anteeksi, kuten

Raamatun Pyhät elivät, tai että on harhaoppi tehdä vaikka profeettojen synnistä luvallista, kun nekin lankesivat.

Filosofia kuinka ihmiskunta aikojen saatossa jalostuu kohti parempaa, on täysin Raamatun opin vastainen. Tosin Raamattuun perustuenkaan ei voi sanoa kehityksen olevan suoraviivaisesti koko ajan huonompaan suuntaan, vaan kehitys on aaltoliikettä. Nousee vuoroin huonoja ja vuoroin parempia hallitsijoita ja opettajia, ja paremmat ja huonommat ajat "aaltoilevat". Raamattu selkeästi ennustaa tosiasian, kuinka linjaus pitkällä tähtäimellä on kohti huonompaa kehitystä, ei parempaa.

Suurempaan yksilönvapauteen mentäessä, kun ihminen näennäisesti "vapaasti", mutta oikeasti synnin orjana, toteuttaa seksuaalisia himojaan ja halujaan, kuluttaa ihmistä ja ihmiskuntaa kuin palavaa kynttilää, aina vain suuremmalla liekillä kohti loppua.

Yhteiskunta tarvitsee toimiakseen lakeja. Yhteiskunnan yhä rohkeammin pitäisi ottaa vastuu myös yksilön elämästä. Nyt ollaan laillistamassa huumeita. Ne tuhoavat ihmisen elämän. Vääristyneen seksuaali- fantasian tuominen kyllä koukuttaa varsinkin montaa nuorta, mutta se tuhoaa lopulta elämän ja aiheuttaa paljon pahoinvointia "kolmannelle osapuolelle".

Tiede tekee pahan virheen ja osoittaa epäluotettavuutensa, kun se ei pysty puhumaan synnistä, mikä on kuitenkin todellinen asia.

Kristinuskoon kuuluu periaatteessa Raamatullisesi tasa-arvo. Kristillinen tasa-arvo poikkeaa monin tavoin yleisesti ajatellusta. Jumalan edessä kaikki ihmiset ovat saman arvoisia. Sukupuolten välistä tasa-arvoa ajateltaessa on todettava, että mies ja nainen poikkeavat toisistaan sekä henkisesti että fyysisesti. Roolijako ei ole siksi tasa-arvoa loukkaavaa, vaan ihmisten asettamista tehtäviin, joihin parhaiten soveltuvat.

Raamattu on pelastusopillinen kirja. Se vastaa kaikkiin ihmisen esimerkiksi käytöstä koskeviin kysymyksiin, jos sitä vain osaa tulkita. Jumala ei kuitenkaan koskaan ole antanut eikä tule antamaan kenellekään niin paljon ymmärrystä, että ymmärryksen kautta pelastuisi. Aina jää jäljelle, että piti uskoa.

Runo sateenkaari

Taivaanrannalla sateenkaari
kerran sateenkaarta ei ollut
vedet täyttivät maan
Jumalan lupaus:
ei enää vedellä
Kuinka kauan katsot Sodomaa ja Gomorraa?